남아 있는 날들은 모두가 내일

안상학

시인의 말

시를 쓰면서
시를 쓰지 않아도 좋은 날이 오기를 빌었다.

그런 날은 오지 않았다.
세상은 사랑보다 슬픔이 많다는 것을 인정한다.

그렇더라도
시를 쓰지 않아도 좋은 날이 오기를 빌고 또 빈다.

자꾸만 늘어나는 슬픔으로
자꾸만 줄어드는 사랑을 차갑게 안는다.
자꾸만 녹아내리는 빙산을 안는 심정으로.

2020년 가을 드는 무렵
안동 우거에서 안상학

남아 있는 날들은 모두가 내일

차례

1부

2부

3부

4부

발문

1부

바닥행

어둠 같은 것 거울 같은 것 말고 바닥을 달리 뭐라 할까요. 두 동강 난 동맥 같은 것, 16층과 결별하는 것 따위를 바닥이라 할까요. 살 땅을 찾아 나섰다가 죽어 땅에 오른 시리아 소년의 발바닥이 딛고 있는 허공을 바닥이라 할 수 있을까요. 이 땅에서 저 땅으로 건너가는 컨테이너에 갇힌 발바닥에게는 사방 육방 바닥이 되는 그런 바닥 말고 진정한 바닥은 어디 있을까요. 바닥을 쳤다고, 오를 일만 남았다고 발을 굴렀을 때 허방처럼 빠져드는 그런 바닥은 대체 뭐라 이름 불러야 할까요. 아침이 오고 있다는, 봄이 오고 있다는 말 같지 않은 말의 타이밍은 어느 페이지에 끼워 넣어야 적절할까요. 동강난 동맥을 이어붙인다고 기도에서 호흡이 재생될까요. 16층 바닥과 결별하고 만난 바닥을 치면 날아오를 수 있을까요. 기어서라도 오를 수 있을까요. 아침도 봄도 아닌 시절에 나팔꽃은 시계방향으로 감아 올라가고, 박주가리는 반대방향으로 올라가며, 더덕은 왼쪽 오른쪽 자유자재 올라가는 풍경의 역방향, 코앞은 숨이 멎을 것만 같은 바닥입니다.

생명선에 서서

이쯤일까
생명선 어디 이순의 언저리에 나를 세워 본다
앞으로 남은 손금의 길 빤하지만 늘 그랬듯이
한 치 앞을 모르겠다
지나온 길은 내가 너무도 잘 아는 길
오늘은 더듬더듬 그 길을 되돌아가 본다 이쯤에서
딸내미가 환한 얼굴로 살아가고 있다 다행이다 지
나간다
송장 같은 내가 독가獨家에 처박혀 있다 지나간다
다 죽어 가던 내가 점점 살아나고 나는 지나간다
온갖 말들의 화살을 맞고 피 흘리는 내가 있다 지
나간다
딸내미에게 용서를 구하는 내가 있다 지나간다
나는 나로 살겠다고 다짐하던 몽골초원 자작나무
지나간다
권정생 선생이 살아나고 나는 서울이다 지나간다
우울한 여인이 나타나고 환해지고 사라진다 지나
간다

새벽 거리에서 울고 있던 나를 지나가면 이쯤에서
울고 있는 어린 딸내미가 다시 서럽게 혼자서 울고
있다
지나간다 뺑소니가 지나가고 오토바이가 일어나고
아버지가 술 배달을 하고 있다 나는 모른 척 지나
간다
시를 접고 공사판에서 오비끼를 나르는 나를 지나
가고
없는 아내가 있다가 사라진다 지나간다
차마 말하기 힘든 청년을 만났다 지나가고
청년이 알던 처녀의 소녀가 있다 지나간다
시를 쓴다 쓰지 않는 우울한 소년을 지나간다 이쯤
에서
새새어머니의 빗자루가 지나가고 새엄마가 칼을 맞
고 있다
지나간다 엄마 같던 새엄마가 햇감자를 쪄 주던
1974년 생일날, 지나간다
무덤에서 나온 엄마가 병원에 누워 있다 지나간다

어느새 엄마는 훈련소 길목에서 가겟방을 하고 있다

홍역을 지나가고 라면을 먹던 군인들을 지나간다

닭을 잡아 시장에 내다 팔던 아버지를 지나간다

크림빵을 훔쳐 먹던 나를 노려보는 엄마를 지나간다

가물가물 연탄가스에 중독된 나를 지나가면 이쯤에
서

강원도 탄광에서 야반도주 온 외삼촌네 가족이 있다

식구 많은 밥상이 여러 개 놓여 있다 지나간다

종이 제비를 접어 날려 주던 작은외삼촌을 지나간다

흙을 퍼먹던 네다섯 살 나를 지나간다

월남방망이 사탕에 까무러치던 누이를 지나간다

가물가물, 이쯤에서, 이쯤에서 길은 끝난다 손금의 길
은 빤한데

더 이상 어려지지 않는 길 앞에서 길을 잃는다 이쯤
에서

분명 지나왔을 과거도 미래처럼 한 치 앞이 보이지 않
는다

망연하고 자실하여 돌아선다

되짚어 나갈 길이 아득하다

저 길을 다시 어떻게 걸어가나 두 번 다시 못 걸을 길

굽어보는 그 길 오른쪽으론

떠나가는 것들, 눈물 나는 것들, 사라지는 것들, 쓰러지는 것들, 절망하는 것들, 그리운 것들, 그늘 진 것들이 있고,

굽어보는 그 길 왼쪽으론

돌아오는 것들, 눈물 닦는 것들, 나타나는 것들, 일어서는 것들, 희망하는 것들, 눈에 넣어도 아프지 않는 것들, 햇살 바른 것들이 있다

아직도 그들은 서로 한 데 있지 못하고 따로 따로 서 있다

영원히 화해하지 못할 그 길을 지나가고 지나가고 지나가서

나는 나를 다시 이순의 언저리에 세워 본다

대서

더워도 아주 크게 더운 날, 뭍에서 빡빡 기며 살아
가는 것들은 여전히 뭍에서 살아가고, 하늘을 나는 것
들은 여전히 하늘에서 살아가고, 물에서 헤엄치는 것
들은 여전히 물에서 살아가는,

더워도 더위 먹은 날, 어느 동물권단체로부터 수사
의뢰를 받은 경찰이 유기견을 산탄총으로 쏴 중상을
입힌 유해동물포획단 소속 수렵인 A씨를 불구속 입건
했다. 중상을 입은 유기견은 병원 치료를 받고 있지만
상태가 위중하다는,

어지간한 더위는 더위도 아닌 날, 드루킹 불법자금
을 수수한 정치인으로 내몰린 N의원이 투신자살을
했다. 비슷한 시각 대장암을 앓아 오던 노작가가 타계
했다. 여름 여행은 가볍게 떠날 수 있다며 어느 시인은
15분 만에 짐을 싸서 몽골로 날아간,

대서가 제대로 이름값 하는 날, 언제 그랬냐는 듯이

뭍은 빡빡 기며 살아가는 것들을 거느리고 있고, 하늘
은 날며 살아가는 것들을 풀어놓고 있고, 물은 치며 살
아가는 것들을 흠뻑 적시고 있는,

　불볕 더운 날, 나는 상자桑柘나무 가지에 앉아서 울고
있는 새를 생각한다. 가지를 박차고 날아오르면 그보다
더 빠른 속도로 그 가지가 튕겨 올라 새의 뒤통수를 냅
다 후려갈긴다는 그 나무를 생각한다. 가지를 뜨지 못
하는 새, 나도 그 어떤 가지를 그러쥔 채 울고 있는 것일
까. 뒤통수가 섬뜩한 날 자꾸만 비지땀이 흐른다.

북녘 거처

당신은 인생길에서 돌아가고 싶은 길목이 있습니까
나는 갈 수만 있다면 가고 싶은 길목이 있습니다만
1978년 여름 한 달 살았던 불암산 아래 상계동 종점
가짜 보석 반지를 찍어내던 프레스가 있던 작은 공
장
신개발 지구 허름한 사람들의 발걸음
먼저 자리 잡고 프레스를 밟던 불알친구
비만 오면 질척이던 골목 안 그 낮은 지붕 아래
시를 처음 끼적여 본 공책이 놓여 있던
내가 살아 본 이 세상 가장 먼 북녘 거처
돌아갈 수만 있다면 딱 그 시절로 돌아가고 싶습니
다만

그해 여름 안동역에서 청량리행 열차를 탄 열일곱
소년
행복과는 거리가 먼 러셀의 책 한 권
싸구려 야외전축 유행가 레코드판 몇 장
세 번째 아내를 둔 아버지가 살던 셋방을 벗어난 까

까머리

　전형典型처럼 후줄근하게 비는 내리고 청량리 앞 미
주아파트

　식모 살던 동생이 남몰래 끓여 준 라면 한 끼 훌쩍
이던 식탁

　누이동생이 그토록 다니고 싶어 한 학교를 자퇴한
소년

　상계동 종점 창이 없는 그 집 열일곱 한 달

　그 어느 하루로라도 돌아가고 싶습니다만

　지금은 지하철 4호선 종점 당고개역 솟은 그 너머

　아배 편지 한 장 받아들고 눈물 찍으며 돌아섰던

　이제는 의지가지없는 그곳

　불알친구는 십 년 뒤 낙향하여 낙동강에 목숨을 흘
려보냈고

　편지 한 장으로 나를 불러내렸던 아배도 오래전 소
식 없고

　누이동생도 다른 하늘을 이고 산 지 오래

열일곱 소년만 꼬박꼬박 혼자서만 나이 먹어 가며
이 낡은 남녘에서
다 늦어 또다시 가출을 감행할 꿈을 꾸며
그 북녘을 떠올려 봅니다만, 진작부터 야외전축도
없고
난 정말 몰랐었네 최병걸 레코드판도 없어진 지 오
랩니다만,
갈 수만 있다면 단 몇 시간만이라도
그동안 써 왔던 시들을 하나하나 지워 가며
내 삶의 가장 먼 그 북녘 거처로 돌아가고 싶습니다
만,
나를 아는지 모르는지 당신
당신은 인생길 어디 돌아가고 싶은 길목이 없습니까
있다면 남녘입니까 북녘입니까
북녘입니까 남녘입니까
미안한 일인지 어떤지 나는 아직 그 북녘입니다만,
당신, 당신들은 지금 어느 녘에 있습니까

간고등어

　전우익 선생 생전 어느 날 귀내마을 그의 집에 갔을
때 일이다. 때마침 저녁을 지으려고 쌀을 씻으려던 양
반이 찾아든 손들을 보고 반색을 하며 사람 수대로
쌀 한 주먹씩 더해 밥을 안치고는 접대를 하겠다며 부
엌 실경에 매어달린 쩔어빠진 간고등어를 내리는데 난
데없이 구데기가 툭툭 떨어지는 것이 아닌가. 손들의
표정이 말이 아니었는데 그 양반은 보란 듯이 간고등
어 배때기를 열고 그것들을 마저 털어내고는 여상시리
아궁이에 밀어 넣고 입맛을 쩍쩍 다셔 가며 구워내는
것이었다. 이윽고 밥상이 차려지고 저녁을 먹는 중에
도 손들의 수저질은 영 마뜩찮았는데 주인장은 바싹
구운 놀노리한 간고등어를 먹어 보라며, 왜 안 먹느냐
며, 맛있다며, 끝내는 혼자서 대가리까지 바수어대며
종래에는 손가락까지 쪽쪽 빨아대는 통에 어느 손은
속이 메슥거려 슬그머니 빠져나가 뒷간으로 갔었는데
아뿔싸 거기서도 바글거리는 그것들을 보고는 그만
밥 먹을 때 할 이야기는 못될 일을 저지르고 말았다는.

안동식혜

일찍이 어매 없이 자란 나는 당연히 우리 집 식혜 맛을 알지 못해서 어쩌다 고것이 땡기는 겨울날이면 내 그리움은 구름재 너머 맏어매 집을 기웃거리곤 하는데, 그 어느 맵찬 설날 아침 차례를 지내러 큰집 가는 길에도 여느 차례 음식보다 먼저 떠오르곤 하던 식혜

차례 음식상 물리고 나면 한 보시기 담겨 나오던 고것, 살얼음 사각대는 맑고 발그레 싹싹한, 생강과 고춧가루와 엿지름을 한데 홀 버무려 걸러 짜낸 물에 뽀얀 찹쌀과 노리끼리한 차좁쌀로 쪄낸 밥알 사이사이 깍둑썰기를 한 무꾸 조각들이 서성이는, 그 위에 채를 친 밤과 땅콩 몇 낱 고명으로 올린, 고소, 시원, 달콤, 매콤, 얼큰한 그 맛은 대개 부뚜막 외진 곳이나 뒤란 축뚜막 위에서 얼거니 녹거니 하며 종래에는 새콤한 맛까지 드는 것으로 설날부터 보름까지 날매동 다른 맛의 깊이를 더해 갔는데, 세배 다니는 집집매동 맛도 생김새도 하나같이 달랐는데

세월은 턱없이 흘러 겨울을 건너는 중 어쩌다 낯선 타관을 떠돌거나, 고향에 있어도 쓸쓸하고 차가운 밤

이면 문득 떠오르곤 하는데, 기중 생각나기로는 구름 재 너머 맏어매 집 부뚜막이나 뒤란 축뚜막에 자리 잡은 것으로, 마음은 벌써 달큰한 항아리 곁을 어리대곤 하는데, 그래도 고것과 같이 떠오르는 손맛의 주인이 어매가 아니고 맏어매여서 다행한 일이라고 골백번 생각하며 그리움을 제우 달래나 보는 것인데, 고것 참.

헛제삿밥

입담 하나는 낙수 이남에서는 최고였다는
평생 안씨로 불린 울 아배 입담 중에는
안동 헛제삿밥 유래에 얽힌 이야기도 있었는데
대충 줄거리만 옮겨 쓰자면

그 옛날
안동하고도 와룡 어느 고을에 안부자가 살았다는
데
그 양반
사람 참 기분 상하지 않게 남을 돕는 재주가 있었
다는데
그 중 하나가
없는 제사도 만들어 가며
제사도 지내지 않은 헛제삿밥을
음복인 양 삼이웃에 돌리는 것이었는데
영문도 모르고 동네 사람들은 그저
한 달에 두세 번은 참하게 돌아오는 제삿날을 기다
리며

그런 날은 삼이웃이 등잔불을 밝혀놓고
입이 마르도록 봉제사 접빈객 극진한 안부자네 칭
송하며
자시가 지나도록 목을 빼고 기다리는 통에
동네가 다 환했다는데
그때만 해도 굶는 것을 끼니 챙기다시피 하던 시절
이라
그 양반 덕에 삼이웃이 그래도 가끔은
이밥에 고기 몇 저름은 구경하며 살았다는 이야기
란 말씀

어쩌다 이제는 헛제삿밥을 사 먹는 시대가 되어
오늘도 나는 외지에서 온 손님과 겸상하고는
다섯 가지 나물에 밥 한 공기 엎어 지렁 두어 숟갈
쓱쓱 비벼 간고등어 상어꼬지 달달하게 욱여넣다
보면
나도 그만 안씨가 되어
손님에게 이야기를 들려주고 싶어

오물거리던 입이 다 근질근질해지는 것이었던 것이
었다

언총言塚

1.

하나님을 하느님이라고 고쳐 부른 사내

강제 점령된 한반도에서 잉태되어 적국에서 태어
난 사내
섬나라 글을 배우고 돌아와 한글로 글을 쓰다 간
사내

하나님 아버지를 찾던 한 사내는 광야를 떠돌다
갔고
하느님 아버지를 찾던 한 사내는 독가에서 머물다
갔다

그의 방주에는
딱새와 강아지와 토끼와 염소 몇 마리
옥수수와 호박과 들깨와 부추 몇 포기

그가 날려 보낸 비둘기는 돌아오지 않았다
산비둘기도 집비둘기도 감람나무 잎사귀를 물고 오
지 않았다
그의 방주에는 한 번도 무지개가 뜨지 않았다

하느님 아버지, 내 아버지는 어디 있나요

2.

그는 평생 단 한마디 말의 무덤을 간직하고 살았다
수없이 많은 문장을 썼지만
단 한 문장만은 가슴속 무덤에 묻어두고 살았다

세상에서 가장 간단명료한 문장
누구나 한번 들으면 가슴부터 내려앉는 문장

내 가슴속 말의 무덤을 너에게 보여 주마

내 죽거든 나를 대신해서 세상에 이야기해 주렴

그의 가슴속에서 내 가슴속으로 이장한 말무덤
유언을 집행할 파묘의 날을 기다리는 단 한 문장

빌뱅이 언덕 권정생

별 보는 산 빌배산에서도 가장 낮은 언덕이어서
가장 먼 별을 올려다보는 빌뱅이 언덕
그 산 그 언덕이 바람막이 선
버들치 시냇가 옴팡진 땅 오막살이집 한 칸

그보다 더 높은 집은 상여를 넣어두는 곳집
그보다 더 낮은 집은 강아지들이 거쳐 갔던 집
그사이 바람벽 어디쯤 노랑딱새가 살던 집

세상 가장 낮은 빌뱅이 언덕에서도 내려다봐야 하는
앵두나무와 키 재며 선 오막살이집 한 칸
집주인에게는 그 언덕이 세상 가장 높은 하늘이었다

일흔 생애 끝 그는 가장 현실적인 하늘로 돌아갔다
빌뱅이 언덕에 뿌려진 뼛가루 권정생 별자리 그의
새집
지붕도 바람벽도 담도 울도 없는 오막살이집 한 칸

가장 낮은 언덕이 그에게는 하늘이었다

좌수左手 박창섭朴昌燮

뇌출혈로 오른쪽을 잃은 친구라고 쓰고 왼쪽을 언은 친구라고 알아서 읽는다. 서예가로서 오른손을 잊은 친구라고 말하고 왼손을 발견한 친구라고 새겨서 듣는다. 왼손은 오른쪽도 왼쪽도 아닌 다만 거기 있었던 것이었다.

횡단보도 정지선 앞의 정지라는 글자, 그는 운전대를 잡고 정지선 앞에서 보았을 때 사뭇 명령조이던 그 글자가 운전대를 놓게 되고 횡단보도 앞에서 횡단신호를 기다리며 보았을 때는 거꾸로 보이며 사뭇 위로조로 다가왔다던, 결국 왼손으로 붓을 들 용기를 준 그 글자.

오른손이 글씨를 써내려갈 때는 묵묵히 책상을 짚고만 있던 왼손으로 붓을 들었다. 보행자의 눈으로 본 정지라는 글자처럼 모든 글자를 거꾸로 써올라가는 왼손. 쟁기질을 할 때 앞으로 나아가듯 화선지를 치올라가며 거꾸로 쓰는 글자, 글자들. 사부로부터 비

로소 탄공吞空만의 점과 획의 자리를 얻었다는 치하
를 들은.

　거꾸로 쓰는 글씨는 쓸 때는 그것이 바른 것이지만
감상할 때는 거꾸로 놓고 봐야 바른 것이 되는, 글씨
를 쓰는 자신을 글씨를 보는 자신이 들여다보게 되는,

　그가 왼손을 내민다. 나의 왼손이 맞잡는다. 비로
소 왼손이 심장에 더 가깝다고 이해한다. 그가 글씨를
쓸 때 나는 건너편에 서서 바로 해독한다. 내 오른손
이 절로 따라가며 임서를 한다. 내 왼손은 묵묵하다.
그의 왼손이 붓을 놀릴 때 그의 오른손은 허공을 짚
고 정지해 있다.

입춘

몸도 마음도 청춘이라고 생각했던 그때
나는 완전하게 죽었던 것이 분명하다
아무도 내가 부르는 소리를 듣지 못하고 지나가고
누구도 내가 흘리는 눈물을 눈치 채지 못했다
나만 이 세상에서 나를 눕힐 방 한 칸 없는 것만 같고
세상 모든 사람들은 누구나 집이 있는 것만 같았다
어느 골목에서 바라보던 집들의 불빛은 딴 세상만 같
았다
마음을 잃어버린 몸처럼 세상에서 나는 서러웠다

그때 내가 죽지 않았다면 그럴 리가 없었을 것이다
세상 모든 사람들은 서로 눈을 맞추며 노래를 부르는
것만 같았고
내가 부르는 노래는 누구도 듣지 못하는 것만 같았다
나에겐 아무것도 없었고 남들은 뭐든 다 있는 것만
같았다
옷을 벗고 미친 듯이 뛰어다닌들 누구 하나 돌아볼
것 같지 않았다

몸을 잃어버린 사람처럼 세상에서 나는 외로웠다

몸도 마음도 완전한 청춘이라고 생각했던 그때
나는 무덤보다 더 깊은 바닥을 치고 있었다
봄이 오는 방식이 늘 그렇듯이 봄이 봄이 아닌 봄 속
에서
나는 가슴속 남모르는 꽃 한 송이만 어루만지며
내겐 꽃 피고 질 춘삼월이 없을 것만 같은 날들을
살았다
몸도 마음도 잃어버린 사람처럼 세상에서 나는 살
았다

간헐한 사랑

심장이 그러하듯이
일정한 시간 일정한 간격을 두고 되풀이되는 일
살아 있는 모든 것들이 살아가는 방식이지요

퐁, 퐁 솟는 샘이 그러하듯이
살아 있는 모든 것이 간헐한 법이지요

꽃이 간헐적으로 이 세상에 다녀가듯이
좀 길기는 하지만 우리 사랑도 간헐적으로
이 세상에 다녀가는 것이 아닐는지요
…전생과 이생과 내생… 한 번씩 말이지요

해가 간헐적으로 뜨고 지듯이
달이 간헐적으로 차고 이우듯이
사랑도 간헐적으로 틈틈이 사이사이
쉬었다 이었다 하는 것이 아닐는지요
영원한 것이 있다면 아마도 간헐한 것이 아닐는지요

나는 요즘 언제 있었나 싶은 내 사랑이 간헐하게 이
우는 소리는 들으며 살고 있습니다

2부

푸른 물방울

내가 살아가는 지구地球는 우주에 떠 있는 푸른 물
방울

나는 아주 작은 한 방울의 물에서 생겨나
지금 나같이 아주 우스꽝스럽고 조금 작은 한 방울
의 물로 살다가
다시 아주 작은 한 방울의 물로 돌아가야 할 나는
나무 물방울 풀 물방울 물고기 물방울 새 물방울
혹은 나를 닮은 물방울 방울
세상 모든 물방울들과 함께 거대한 물방울을 이루
며 살아가는

나는, 지나간 어느 날 망망대해 인도양을 건너다가
창졸간에 문득 지구는 지구가 아니라 수구水球라는 생
각이 들었던 것

끝없는 우주를 떠도는 푸른 물방울 하나

몽골에서 쓰는 편지

독수리가 살 수 있는 곳에 독수리가 살고 있었습니다

나도 내가 살 수 있는 곳에 나를 살게 하고 싶었습니다

자작나무가 자꾸만 자작나무다워지는 곳이 있었습니다

나도 내가 자꾸만 나다워지는 곳에 살게 하고 싶었습니다

내 마음이 자꾸 좋아지는 곳에 나를 살게 하고 싶었습니다

내가 자꾸만 좋아지는 곳에 나를 살게 하고 싶었습니다

당신이 자꾸만 당신다워지는 시간이 자라는 곳이 있었습니다

그런 당신을 나는 아무렇지도 아니하게 사랑하고

나도 자꾸만 나다워지는 시간이 자라는 곳에 나를
살게 하고 싶었습니다
　그런 나를 당신이 아무렇지도 아니하게 사랑하는

　내 마음이 자꾸 좋아지는 당신에게 나를 살게 하고
싶었습니다
　당신도 자꾸만 마음이 좋아지는 나에게 살게 하고
싶었습니다

고비의 시간

지나온 날들을 모두 어제라 부르는 곳이 있다
염소처럼 족보도 지금 눈에 있는 어미나 새끼가 전
부
지나간 시간들이 모두 무로 돌아간 공간을 보며 살
아가는
황막한 고비에서는
그 이상의 말을 생각할 그 무엇도 까닭도 없으므로

남은 날들을 모두 내일이라 부르는 곳이 있다
펌프가 있는 어느 작은 마을
사람이라곤 물을 길어 가는 만삭의 아낙과
뒤따라가며 가끔 돌아보는 소녀뿐
시간이 오고 있는 것이 보이는 황황막막한 고비에
서는
굳이 그 이상의 말을 만들 어떤 필요도 없으므로

시간과 거리를 물으면 금방이라는 말밖에 할 줄 모
르는 운전기사와 길을 잃어도 쥬게르 쥬게르(괜찮아

괜찮아)만 연발하는 가이드를 보면서 나는 모든 지나
간 날들을 아래라 부르던 내 할머니의 시간에도 새겨
진 게 분명한 몽고반점과, 싸울 때면 쥐게라 쥐게라(죽
여라 죽여라) 악다구니를 쓰던 할머니의 지워지고 없
는 몽고반점을 떠올리며, 고비에다 주막을 차리겠다는
사내와 쏘다닌 열흘 동안을 나는 모든 지나간 날들과
아직 오지 않은 나날들을 어제와 내일로 셈하며 동업
할 생각을 해 보았다

몽골 소년의 눈물

염소가 풀을 뽑아 먹는 동안
사막은 저도 모르게 조금씩 넓어지고 있다
더 막막해져 가는 사막에서도
지금 여기 없는 꿈이 지금 여기 있는 아픔을 위로
할 수 있을까

사막의 한 줌 낙타 똥 같은 어느 마을
할아비 밑에서 자라는 어미 아비 없는 소년을 만
났다
할아비는 사위 집에 손자를 맡기고 떠났다, 멀어
지는 트럭
발을 동동 구르며 마구 허공을 할퀴던 조막손 소
년은
마을 어귀 모래언덕까지 올라가 한참을 바라고 서
있었다
몽골은 눈물이 드물다는데
소년의 눈물
광막한 곳에서는 헤어지는 시간도 길었다

지금 여기 없는 꿈이
지금 여기 있는 아픔을 어떻게 이길 수 있을까
몽골식 이별을 보면서
양고기칼국수를 먹으면서
지금 내가 살고 있는 나라에서
여태 만나 온 삶의 아픔과 그래도 살게끔 한 꿈의 거
리를 생각한다
좀처럼 좁혀지지 않는 간격을 생각한다

죽은 사람을 다시 만나려는 꿈은 어디서나 가혹하다
대체될 수 없는 꿈을 가지고 살기엔 사막은 막막하다
무슨 꿈이 있어서 무슨 아픔을 이기고 살기엔
지금 여기는 마음의 둘레가 너무 넓다
그래도 여기가 몽골이 맞다 하면
소년의 눈물도 드문드문 드물어질 것이다

마두금에는 고비가 산다

마두금 곡조에는 고비가 들어 있다
바람이 불어가고 새의 날갯짓 소리가 난다
낙타가 걸어가고 말이 내닫는 소리가 난다
몽골 사내들의 눈물 마르는 소리가 난다

마두금 곡조에는 세상에는 없는 소리가 난다
구름이 일어나 사라지고 꽃이 피고 지는 소리가 난다
별이 돋아나 스러지고 마유주 익어가는 소리가 난다
몽골 아낙들의 드넓은 눈빛 일렁이는 소리가 난다

고비를 노래하는 마두금 곡조에 고비가 운다
저마다의 슬픔과 아픔을 들으며 못내 운다
거짓말같이 바람이 울고
갓 태어난 새끼를 밀쳐내던 낙타가 젖을 물리며 운다
아닌 듯이 구름이 눈물짓고 꽃이 젖는다
별의 눈물이 떨어지고 바람이 글썽인다
고향을 모르는 사내들이 울고 엄마 품을 잊은 아낙들
이 운다

마두금이 울고 고비가 운다

끝내는 울지 않는다 아닌 듯이 다시
바람이 가던 길 가고 새가 날아오른다
낙타가 일어나고 말이 앞발을 치켜든다
어디나 고향인 사내들이 양떼를 몰고
어디나 엄마 품인 아낙들이 낙타 젖을 내린다

마두금에는 언제나 고비가 산다 살아간다

착시

동고비의 어느 들판에서 한 마리 양을 보았네
목동도 양떼도 보이지 않는 막막한 초원
털을 깎은 지 오래인 양은 누더기 같았네
가까이 가서야 양인 줄 알았네

처음엔 죽은 줄 알았네
다가서자 귀찮다는 듯이 힐끔 한번 쳐다보고는
비척비척 일어나서 아득한 지평선 너머로 천천히
사라져갔네
길을 아는 것도 같고 모르는 것도 같은
길도 없는 길을 길인 양 천천히 사라졌네

(세상은 한 마리 양을 찾아 떠도는 사람들과 아흔
아홉 마리 양을 지키는 목동들의 전쟁터)

고비에서 만난 한 마리 양은 누더기 하나 걸치고 살
았네
누구를 기다리거나 아무개를 찾거나 하는 눈치는

아니었네

고비에서는
길을 모르는 양은 길을 잃지도 잃을 길도 없었네
오직 길을 아는 인간만이 길을 잃고 헤매던 날이 있
었네

고비

　문명 밖으로 밀어냈다고 생각한 고비로부터 오히려 내 삶이 밀려난 것은 아닐까. 하늘보다 땅이 더 넓다는 생각을 처음 해 봤다는 어느 소설가의 과장된 표현은 사실에 가깝다. 물은 낮은 곳으로 흘러가고 바람은 비어 있는 곳으로 불어간다. 연못에 담긴 물처럼 마음 가는 곳에 몸 부리고 부려놓은 몸에 마음이 담기는 여기, 사람들의 눈동자. 하늘이 땅을 감싸고 있는 듯도 하고 땅이 하늘을 품은 듯도 한 여기에서는 몸과 마음의 거리가 없다. 지울 경계도 없다. 스스로 그러하게 생겨 먹은 것들과, 될 수 있으면 어떻게 하려고 하지 않는 사람들이 아스라이 살아가고 아스라이 죽어간다.

　내 여기 올 때처럼, 내 돌아갈 길 또한 여러 개의 문이 열리고 닫히고를 반복하며 이어질 것이다. 끝내는 어떤 담장 안으로 문 안으로 돌아가게 될 것이다. 거기서는 다시금 몸과 마음의 거리가 차츰 멀어지는 것을 겪게 될 것이다. 하늘이 좁아지는지도 모르게 살아갈 것이다.

비어 있는 곳으로 몸이 옮겨갈 수 있듯이 비어 있는 곳으로 마음이 옮겨가는 여기, 비어 있는 곳을 확실하게 채워가며 바람이 불어간다, 불어온다.

상수리나무

우리 사이가 너무 멀면 먼 내일을 기약해야겠지
불과 오십 년 전 헐벗은 뒷동산이나 앞산처럼
그때 그렇게 홀로 우람하던 그 상수리나무처럼
도토리를 나르는 다람쥐를 바라보며 늙어가야겠지

너와 나 숲이 되기 위해서는 아무래도 지금은
우두커니 서서 지그시 바라봐야겠지 그저
서로가 아니라 부지런한 다람쥐를 바라봐야겠지
도토리를 숨기는 굴속을 기억해야겠지

가슴 졸이며 지켜봐야겠지
도토리 숨긴 곳을 잊어먹은 다람쥐가
고개를 갸웃거리며 이리저리 찾아 헤매는 모습을
발이 묶인 사람처럼 지켜봐야겠지
발을 묻은 상수리나무처럼 지켜만 봐야겠지

먼 곳

내 몸의 가장 먼 곳이 아픈 것은
내 마음의 가장 먼 곳이 아픈 까닭이다

내 마음의 가장 먼 곳에 가서 하루 종일 간병했더니
내 몸의 가장 먼 곳이 나았다

그 마음의 먼 곳에서 몸과 함께 살아가는 동안
바람이 불고 비가 내려
또다시 마음의 먼 곳이 생겨났다
나는 또 머지않아 몸의 가장 먼 곳이 아파올 것을
예감한다

좀처럼 가닿을 수 없는 먼 곳이 있어서 나는 오늘도
바람이 불고 비가 내리는 마음을 살아간다
내 몸의 가장 먼 곳에도 곧 바람이 불고 비가 내릴
거라는
마음의 일기예보를 예의 주시하는 오늘 밤도 깊어
간다

정선행

옛사랑 보고 싶을 땐 정선 가야지
골지천 아우라지 뗏목을 타고 흔들리면서라도 가야지
여량 지나 오대천 만나는 나전 어디쯤
하룻밤 발고랑내 나는 민박집에 들러
아우라지막걸리 한 동이 끌어안고 쉬어서도 가야지

옛사랑 보고 싶을 땐 정선 가야지
나귀가 없다면 나뭇잎 배라도 타고 가야지
나즉나즉 조양강처럼 정선 가야지
읍내 어디 버들가지에 배를 묶고 놀다가도 가야지
옛사랑 못 찾으면 꼭뒤라도 닮은 주모가 내주는
곤드레밥은 물려놓고 강냉이막걸리 한 동이와 놀다
가야지

삼십 년 전 어디에서 길을 놓친
옛사랑 찾아 정선 가야지
정선행 기차처럼 달그락달그락 찾아가야지
그 어느 골목길에서 아직 솜사탕 들고 울고 있을까

기차역 어디 노란 풍선 들고 여태 발 동동 굴리고 있
을까

옛사랑 보고 싶을 땐 정선 가야지
여량 어디 골지천 만나면 물어나 봐야지
어떻게 흘러가면 송천도 만나고 오대천도 만나는지
나는 왜 흘러가면서 자꾸만 사랑과 헤어지는지
정선 숨어드는 아우라지강에게 물어나 봐야지
정선 떠나는 아우라지강에게 물어나 봐야지

범부채가 길을 가는 법

범부채는 한 해에 한 걸음씩 길을 간다

봄내 다리를 키우고
여름내 꽃을 베어 물고
가으내 씨를 여물게 한다
겨울이면 마침내 수의를 입고 벌판에 선다
겨우내
숱한 칼바람에 걸음을 익히고
씨방을 열어 꽃씨를 얼린다
때로 눈을 뒤집어쓴 채 까만 눈망울들 굳세게 한다

그리하여 입춘 지나 우수 어디쯤
비에 젖으며 바람에 일렁이며
발목에 힘 빼고 몸 풀어
쓰러진다 온몸으로 쓰러진다
키만큼 한 걸음 옮긴 곳에 머리 풀고 씨를 묻는다

발 달린 짐승이라 해서 인간이라 해서

이와 다르지는 않을 것이다
범부채의 일생, 꼭 그럴 것이다

범부채는 한 해에 딱 한 걸음씩 길을 간다

법주사

구월이던가요
푸른 그늘을 걸어서 들어가는 길 누군가
팔상전 기와 중 유독 푸른빛 기와 하나 있다는데요
그 기와를 찾으면 극락 간다고 하는데요
혼잣말처럼 흘리던 사람은 딴전이고요
정작 뒤에 가던 우매한 중생 하나
그 말을 날름 주워 들고서는
극락에 미련이 있는지 어쩌는지
팔상전 기와를 샅샅이 둘러보는데요
헛, 그, 참,
어디에도 푸른 기와는 없고 해서
우두커니 하늘만 올려다보는데요
문득 팔상전 꼭대기 위로 펼쳐진 궁륭의 하늘
그 푸른 하늘 한 장 걸려 있는 것을 보고
아, 글쎄, 무릎을 치며 환호작약하더라니까요
허긴, 극락이 거기 있다는 소문은
벌써부터 파다한 세상이지만 말이지요

3부

비대칭 닮은꼴

드문 햇볕 아까워서 없는 사람 빨래도 해다 널며 살
았다는
성긴 별빛 아까워서 없는 사람 목숨까지도 그리며
죽었다는
해방공간 서귀포 그 여인, 4·3 사형수의 애인 고양숙

햇병아리 같던 새끼들 아까워서 이 악물고 죽은 어
머니
가난을 대물림하기 아까워서 빚은 다 갚고 죽은 아
버지
어머니, 그 여인의 사내, 아버지

지난 세기의 연인들

기와 까치구멍집

내가 한 일은 다만
1948년 그 사내가 안동 사람이라는 사실을 증명한 것

제주 도민을 토벌하라는 명령을 내린 지휘관을 암살한,
국군이 국민에게 결코 총부리를 겨눌 수 없다던
대한민국 제1호 사형수 문상길 중위
고향이 어디인지 누구도 알 수 없었던
역사의 뒤안길에 묻힌 향년 스물셋 사내, 고향은 안동

내가 한 일은 다만 그 사내의 내력을 찾아낸 것

임하댐 수몰된 안동 마령리 이식골
남평 문씨 종갓집 막내아들, 그 사내가 살던 곳
그 사내가 떠난 곳, 다시는 돌아오지 못한 곳
사내처럼 사라진 마을, 흉흉한 소문 떠도는
쉬쉬대며 살아온 일가붙이들 산기슭에 남은 곳

내가 한 일은 다만 그 사내의 사진 몇 장 찾은 것

소년처럼 해맑은 사내의 마지막 웃음
두 손 철사로 묶인 채 나무 기둥에 결박당한 몸
가슴에는 휘장 대신 표적, 흑백사진 붉은 피는
두 눈 가린 채 목이 꺾인 사내의 최후 진술;
내 비록 미군정 인간의 법정에서는 사형을 받고 사
라지나
공평한 하늘나라 법정에 먼저 가서 기다릴 것이다

내가 한 일은 다만 그 사내가 살던 집을 찾아낸 것

당당하게 살아남은 그 사내의 흔적
300년 문화재 기와 까치구멍집 건재한 사내의 생가
수몰을 피해 남후면 검암리로 옮겨 앉은 남평 문씨
종가
그를 기다린 40년 고향을 뒤로하고
1988년 옮겨 앉은 낯선 땅 32년, 기다리고 기다린
72년 만에야 불귀 주인 소식 전해들은 까치구멍집

무자년 사내가 가고 72년 만에 내가 한 일은 다만 그의 흔적을 찾은 것일 뿐, 고작 대문간에 막걸리 한 잔 올리고 그의 죽음을 전하는 일이었을 뿐, 그사이 하늘나라 법정에서 받아놓았을 그 사내의 판결문을 이 집 우체통에 전해주는 일은 그날 이후 남겨진 모든 사람들의 몫이라고 생각하며 음복주를 마셨다. 경자년 경칩 무렵, 복수초가 까치구멍집 화단에 피어 있는 날이었다.

화산도

−4·3, 일흔 번째 봄날

세상 모든 슬픔의 출처는 사랑이다

사랑이 형체를 잃어 가는 꼭 그만큼 슬픔이 생겨난
다

사랑이 완전히 사라지면 슬픔은 완벽하게 나타난다

화산도火山島의 봄날 어디서라도 증명사진처럼 볼
수 있다

사랑을 잃은 유채꽃은 붉게 피어선 진다

어떤 사랑은 이별할 시간도 없이 한 구덩이에 묻혔다

사랑을 잃은 동백꽃은 잎이 없는 가지에서 피어선
진다

어떤 사랑은 죽음으로써 아이를 살려 품은 품 안에
서 이별했다

화산도는 땅과 바다가 단 한 번 사랑으로 피었다가

아직 꽃잎 지는 중이다 오래도록 꽃잎 지는

이 섬에서는 사람의 사랑도 한 번 지면

오래오래 앓으면서 꽃잎 지는 현재진행형이 된다

어떤 꽃은 일흔 번의 봄을 갈아엎고도
여태 사랑을 잃은 꽃잎으로 지고 있다
갈라질 수 없는 섬 흩어질 수 없는 섬
갈라서지 말자고 흩어지지 말자고 가슴을 내걸었다
가
사랑을 잃은 영혼들이 저렇듯 온통 꽃잎으로 지는
중이다

모든 슬픔의 출처는 사랑이다, 슬픔을 되돌려
사랑으로 온전히 하나 된 땅에 꽃잎 지고 싶은 원혼
들이
여태 떠돌며 난분분 지는 중이다, 그렇다고
다만 무작정 지고 있는 것만은 아니다, 자세히 보면
예토를 되돌려 노란 꽃은 노랗게 붉은 꽃은 붉게 필
그날의 대지 위로 꽃잎 나부끼며 여태, 아직, 지는
중이다

머지않아 사뿐히도 내려앉아

　온 섬을 뒤덮고야 말 꽃잎, 꽃잎들

　세상 모든 슬픔의 환지본처 사랑에게로 목하 지는

중이다

　맑은 땅에 닿을 날 실로 머지않았다

행방불명

이 세상 어딘가에는
태어나서 단 한 번 날아올랐다가
죽을 때가 되어서야 비행을 멈추고 내려앉는 새가
있다
한라에는, 한라가 낳은 오름에는
한 번 올랐다가 여태 내려오지 않는 사람들이 있다
그들이 새라면 아직 하늘을 날고 있으리라
그렇지 않고서야 아니 돌아올 리 없다

세상 어느 바다에는
한 번 헤엄치기 시작하면
죽을 때가 되어서야 유영을 멈추고 가라앉는 물고
기가 있다
제주에는, 제주가 품은 바다에는
한 번 들어갔다가 여태 돌아오지 않는 사람들이 있
다
그들이 물고기라면 아직도 어느 심해 물살을 가르
고 있으리라

그렇지 않고서야 이리 아니 돌아올 리 없다

중산간 둘레 어디
그들을 기다리며
한 번도 날개를 펴지 않고 살다 간 새들이 있다
제주 바닷가 어디
그들을 기다리며
한 번도 지느러미를 치켜세우지 않고 살다 간 물고
기들이 있다
그들의 꿈은
무자기축 생지옥 세상으로부터
영원히 행방불명 처리되는 것이었다

나는 그저 한남댁이올시다

출근한 남편이 느닷없이 사라졌소이다
느닷없이 무장대 가족으로 몰려
등에 업힌 딸아이와 함께 갖은 폭행과
수치스런 고문 끝에 느닷없이 징역형을 받고
무자년도 저무는 어느 날
딸내미와 함께 포대기도 모자라 포승줄에 묶여
느닷없이 제주에서 나는 사라져갔소이다
장독으로 다리가 썩어든 딸아이는 전주형무소에
서 사라지고
아이는 또 어떻게 생겨났는지요
배 속에 든 애기와 나는 전주를 떠나
멀고 먼 안동형무소로 사라져갔소이다
사라지고 사라지고 사라져갔소이다

꽃피는 춘삼월 안동형무소
배꽃 솎는 노역으로 낙동강 건너다녔소이다
마른내만 보던 눈에 강은 어찌 그리 넓고도 깊던
지요

감귤꽃만 따던 손에 배꽃은 또 어찌 그리 부드럽던
지요
그만 이쯤에서 백번이고 천번이고 사라지고 싶었
으나
배 속에 든 것도 생명이라고 명줄이라도 쥐어 주려
고
기축년 시월 차디찬 감방에서
도두댁이 받아 준 딸내미 받아 안았지요

동짓달 만기 출소하여 어찌어찌 서귀포로 돌아갔
지만
남편은 여전히 사라지고 없고
시댁도 불에 타서 흔적도 없이 사라지고 없고
갓난아기도
세상에 태어나 감귤꽃 한 번 못 보고 사라졌소이
다
여릿여릿 배꽃 같은 숨을 놓고 이름도 없이 사라져
갔소이다

사라지고 사라지고 모든 것이 사라진 어느 날

맥을 놓은 손을 잡아 준 어느 손에 이끌려

한남, 하고도 남원, 남원, 하고도 서귀포, 서귀포, 하고도 제주

느닷없이, 모든 것이 사라진 섬에서 나는 사라져갔소이다

꽃소식

제주 애월 어느 집
몇 넌째 꽃을 피우지 않는 제주수선화 있지
흙집 바람벽 아래
옮겨 심은 지 여러 해 되는 제주수선
다른 꽃 다 피고 져도 끝내 푸른 잎만 우두커니
때 되면 왔다가 때 되면 가는 제주수선 있지

같이 살던 사람 잃고 새집 지어 옮겨 온 집주인 닮아
선가
그해 봄 주인장 따라 옮겨 오면서
애월 바다 어디쯤 바람결에 꽃을 잃어버린 건 아닐까
아니면 꽃 피우길 기다리던 그 눈길 없어서일까

올해도 꽃 없이 한 철 잘 다녀갔다는 소식

언어절言語絶

제주 출신 4·3 증언자
소설가 현기영 장편 성장소설 지상에 숟가락 하나
그 어떤 언어로도 그때의 고통을 증언할 수 없다는
언어절言語絶의 증언 속에서도 뼈저리게
다가온 말

죽다 남은 사람들
죽다 남은 사람들

먹다 남은 죽도 아니고
먹다 남은 식은 밥덩이도 아니고
죽다 남은 사람들
살아남은 사람들도 아니고 죽다 남은 사람들

유화책 광장에 불려나왔던
죽다 남은 사람들이 전쟁통에 다시 죽어 갈 때
완벽하게 죽임을 당했을 때
따라 죽지 못하고 살다 남은 사람들

살다 남은 사람들
살다 남은 사람들

그 어떤 언어로도 그 고통을 증언할 수 없다는
언어절의 가슴을 쥐어뜯으며 살다 남은 사람들

그 옛날 천지폭발 한라산이여
죽다 남은 한라산이여
쇳물 같은 용암 끌어안고
죽다 남은 제주 바다여
살다 남은 한라여 살다 남은 제주 바다여

리미오

재일조선인 2세 리미오
4·3 때 일본으로 건너간
제주 출신 아버지의 작명법에 따라
한자 발음이 조선이나 일본이나 같은 리미오
비록 일본말을 쓰고 살더라도
일본인들 저도 몰래 조선식 발음으로 부를 수 있게
통일조국에 돌아가더라도 이름만큼은 알아들을 수
있게
자전 뒤져 가까스로 찾아낸 이름 리미오

허리 잘린 조국의 아픔을 숙명처럼 안고 태어났는지
어려서 신장을 앓아 평생 허리 통증을 안고 사는 여인
일본 열도 유일하게 조선인도 입학 가능한 의대를 졸
업하고
폐암 전문의로 여럿 가슴 열고 닫았다는 제주 비바리
김대중 노무현 정부 때는 서울 드나들며
사재 털어 일본보다 싼값에 결핵 약 사들여
북쪽으로 바리바리 보낸 제주 한림의 딸 리미오

한림 어디 선산에 아버지 묻고
추석 때면 꼬박꼬박 찾아들더니
칠팔 년 길이란 길은 모두 막혀
결핵 약도 성묘도 냉가슴 앓으며
하마나 하마나 서울 갈 날 제주 갈 날 기다리는 내
친구
교토와 오사카 오가며 남의 아픈 가슴 어루만지며
국적도 없이 자식도 없이 살고 있는 리미오

고강호

삼대째 일본에서 살고 있는 조선인 치과의사
잇몸이 안 좋은 내게 치약을 쓰지 말라고 신신당부
하는
재일 조선인들에게는 치료비도 받지 않는 괴짜 의사
국적은 대한민국이지만 남도 북도 아닌
몽양 선생이 한때 꿈꾼 조선인민공화국이라는
세상 어디에도 없는 국호와 단색 한반도를 새겨 넣
은 셔츠를 입고
고향 창원이든 아내 고향 제주든 아니면 경주든 춘
천이든
마라톤 대회마다 꼬박꼬박 출전하는 지극히 이례적
인 사람

남북의 기민정책에 반기를 들고 무국적을 꿈꾸며
국적이탈 신고서를 제출하고 반려되자 소송까지 불
사한 친구
전쟁과 학살과 고문과 탄압과 차별을 하지 않는
그런 평화로운 국가를 가지기 어려운 세상이라면

적어도 국민이 그런 세상을 꿈꾸는 자유라도 있는
그런 세상에서 단 한 번이라도 살아보고 싶은
열망 덩어리 사내

반백의 긴 머리 질끈 묶은 예순이 코앞인 친구
막걸리 손수 빚어 반도 놈 찾아가면 술상 내오는 내
친구
요즘도 마라톤 대회가 열리는 곳이면 불원천리 달
려가서
다섯 시간 넘게 걸려도 완주에 완주를 거듭하며
상처 주지 않는 세상 상처 받지 않는 세상을 꿈꾸는
내 친구 고강호

중산간 지역

하늘과 바다를 나누는 게 수평선인가요
바다와 하늘이 맞닿은 곳이 수평선인가요
해방 이후 남북으로 갈라진 곳을 무엇이라 불렀나
요
그해 제주 한라 섬 바다 섬 마치 분단을 옮겨놓은
듯한
해안지역과 산간지역을 갈라 세운 곳을 무엇이라 불
렀나요
그곳에서 무슨 일이 벌어졌던가요

산과 하늘을 나누는 게 하늘선인가요
하늘과 산이 맞닿은 곳이 하늘선인가요
한라산 허리를 에둘러 사람이 살던 마을
사람이 살던 곳에 사람을 묻었던가요
사람이 살지 못해 사람이 떠났던가요
어떤 사람들이 산간지역으로 올라가고
어떤 사람들이 해안지역으로 내려갔던가요
초토의 땅이 된 그곳을 무엇이라 불렀나요

있어야 할 곳에 있었던 팽나무는 어떻게 죽어 갔나
요
살아야 할 곳에 살았던 사람들은 어떻게 사라져 갔
나요
한라산 허리를 도려내어 잿더미로 만들었던 그곳
그해 사라졌던 사람들은 어찌 돌아오지 않나요
그해 잃어버렸던 마을은 어찌 다시 보이지 않나요

남과 북이 맞닿은 그곳을 무엇이라 불러야 하나요
산간지역과 해안지역이 맞닿은 그곳을
대체 무엇이라 불러야 하나요
언제쯤이면 경계를 지우고 어우러질까요
거기든 여기든 해와 달이 오고 가고
여기든 거기든 착한 계절들이 가고 오는데
잃어버린 마을에는 언제쯤 사람들이 살아갈까요
갈라섬도 맞닿음도 없이 살아갈까요

애기동백

일혼 살 애기동백은 어디 있는가

미안하지만 무자기축 제주에선
칠십은 고사하고 첫돌을 넘기기도 어려운 목숨들
있었네
신발 한번 신어 보지 못한 생목숨조차
쉽사리 죽임을 당했던
살아서 오히려 더 지옥 같았던 무자기축 제주에선
태어나기조차 어려워
배 속에서 죽어간 여린 목숨들도 있었네

일혼 살 애기동백꽃은 어디 있는가

생명을 얻은 해에 생명을 빼앗긴 영혼들이
피맺힌 앙가슴으로 솟구치는 핏줄기로
낸시빌레, 너븐숭이, 옴팡밭, 몬주기알 어디
해마다 사월이면 목숨껏 솟구쳐 목숨껏 지고 마는
애기동백으로 살아 온다는데

와서는 곧장 뚝뚝 죽어 간다는데

일흔 살 애기동백나무는 어디 있는가

무술기해 일흔 살 먹은 애기동백나무 꽃은
그해 봄 잠시 다녀간 핏덩이 생명처럼
어디서 피어 뚝뚝 어디에서 지고 있는가
꽃 같은 생명이었다고 꽃같이 지고 말았다고
그해 봄 능욕을 해마다 증언하겠다고 증거하겠다고
일흔 해 봄 또 어디에서 피고 또 지고 있는가

4월 16일

그날이 이런 날이었구나
여느 때처럼 해가 뜨고 산꿩이 울고
햇살도 바르게 아침이 오고 있는 날이었구나
오늘같이 민들레도 피고 애기똥풀도 피고
백합이 꽃대를 기운차게 밀어 올리는 그런 날이었
구나
이렇게 꽃이 피고 이렇게 기운이 솟구치는 날이었
구나

그런데 그날은 어찌하여
온통 지는 꽃만 눈에 밟혔는지
개나리도 지고 진달래도 지고
벚꽃이 천지사방 떨어지고 떨어져서 흩날리기만
하던지
피다 만 꽃들이 그만 눈을 닫고 입술을 여미며
떨기째 송이째 통째로 지기만 하던지
지는 꽃만 눈에 밟혀 오던지

그날이 사실은 이런 날이었겠구나

민들레가 꽃으로 피다 못해 별로 피어나는

애기똥풀이 꽃으로 피다 못해 달로 벙글어지는

백합이 철든 아이처럼 내색도 없이 꽃이며 향기를
밀어 올리는

그날도 이렇게 꽃이 피기도 꿈을 꾸기도 하는 날이
었겠구나

그날도 분명 이런 날이었겠구나

이런 날에 꽃잎 무덕무덕 떨어져 더욱

그래서 더욱 서러운 날이었겠구나

촛불

어둠 속에서는 절대 몸을 숨기지 않는다

이 불로 꽃을 피우면 향기가 난다
백만 마리 천만 마리 나비가 날아와 앉을수록
향기를 더해 가는 특성을 지녔다

이 불꽃은 절대 지지 않고
사람들의 마음과 마음으로 옮겨 가며 피어나는
불멸의 특성도 함께 지녔다

지지 않는 불꽃이지만 뜨거운 열매를 맺는다
뜨거운 눈물을 흘려 본 사람들의 몫이다

그 불로 피운 꽃은
아무리 많은 나비가 날아들어 노닐어도
단 한 마리의 날개조차 그을린 적 없다
백만 송이 천만 송이 불꽃도 오직 한 떨기로 핀다

밝음과 때를 같이하여서는
겸허하게 몸을 물릴 줄도 안다

4부

어떤 장례

개가 죽은 새끼를 물고 묻을 곳을 찾아갑니다
꼬리를 살짝살짝 흔들며 가는데 버릇일 따름인 것 같
습니다

앞발로 땅을 파는 동안 새끼를 입에서 놓지 않습니다
새끼를 구덩이에 다독여 넣고는 콧등을 삽날 삼아 흙
을 덮습니다
보통 똥을 누고 덮을 때는 뒷발을 사용하는데 이건
다릅니다

다 묻고 돌아서서 콧구멍 속에 들어간 흙을 큭큭 불
어냅니다
꼬리를 흔들며 돌아가는데 그건 아무래도 버릇 같습
니다

마음의 방향

마음이 몸 안에서 쫓아나가지 않도록 잘 간직할 것

삶이 깊은 바다에 이를수록 고독한 것은 당연하다
고독이 고독하지 않도록
마음의 방향을 내 안 더 깊은 곳으로 인도할 것

높은 봉우리에 오를수록 고독한 것은 당연하다
고독이 비참하지 않도록
마음의 방향을 항상 내 안의 더 높은 곳으로 인도할 것

아무리 높고 깊더라도
마음이 절대 내 안을 벗어나지 못하도록
단속할 것 내 안이 우주라고 생각할 것

사랑하라 그렇더라도 지그시 바라만 볼 것
사랑하라 그렇더라도 우두커니 지켜만 볼 것

아픈 것은 상처가 나아가는 과정

머리가 빠개지는 듯 명치를 도려내는 듯
온몸이 부서지고 흩어지는 듯 고통스럽더라도
절대 마음을 몸 밖으로 내보내서는 안 된다

마음을 가두어 놓고 살아야 한다
내 몸은 내 몸에게 기대어 살아갈 수 없으니
내 몸은 내 몸을 품어 줄 수도 없으니
몸속 가장 먼 마음에라도 기대며 살아야 한다
그래도 마음이 몸과 한통속일 때 가장 자유로운 법

눈으로 귀로 코로 혀로 손끝으로 달아나려는 마음을
최후까지 불러들여 주저앉혀라 가라앉혀라
달아나는 파도를 끝끝내 불러들이는 수평선처럼

당신 안의 길

누군가 말했지
당신 자신이 대체 무엇인지 답을 찾고 있다면
반드시 저 산을 올라야 한다고

그 사람은 죽고
그 말을 들은 누군가 저 산으로 들어갔지

그렇게 길이 나고 길이 나고 길이 난 산으로
사람들이 꾸역꾸역 밀려 올라갔지

산 위에 있던 누군가 말했지
여기가 아니라고 여기엔 없다고

누군가는 돌아가야 한다고 말했고
누군가는 또 다른 저 산을 넘어야 한다고 말했지

세상의 길이 생겨난 까닭이지

그런데 말이지
정말이지 당신이 무엇인지 답을 찾고 있다면
산이 아니라 당신 안으로 들어가라고 말하고 싶어

당신이 당신을 찾을 때쯤이면
세상의 길들은 하나하나 지워지고
오직 당신 안으로 들어선 그 길 하나 남겠지

당신이 당신을 두고 어딜 가겠어
마침내는 그 길 하나도 사라질 때까지
당신 안에 당신 살길

사직 이후

마음으로 모시는 스승에게
사직을 했노라고 메일을 드렸더니
빈한한 것은 시인의 훈장이라는 답장을 보내 주셨다

어느 날 술자리에 나아가
백석의 흰 바람벽이 있어를 읊었더니
시인이 무슨 높이를 가지냐는 핀잔을 들었다
짝새가 높이 난들,
말은 못 하고 속으로 나는
가난하고는 초생달과 프랑시스 쨈이 짝을 이루고
외롭고는 바구지꽃과 도연명이 한자리고
높고는 짝새와 라이넬 마리아 릴케가 나란한데
쓸쓸하니와 마주하는 것은 왜 당나귀밖에 없는지를
생각하며
빈자리에 백석을 앉혀 보기도 하고
허물없는 벗들의 이름을 들이밀어 보기도 하면서도
차마 나를 얹기에는 쑥스러워 잔질만 연거푸 하였다

마음으로 모시던 아버지에게
사직을 했노라고 저 멀리 마음을 전해 드렸더니
더 외롭게 살라는 당부를 바람 편에 전해 주셨다

한로

그대가 꺾꽂이해 준 로즈마리 곁에 앉아
오래전 떠난 내 누이와
얼마 전 멀리 간 그대 여동생 그려 봅니다
그대 집에 남은 로즈마리
물병에 담겨 내 집으로 온 로즈마리
내 누이 그대 여동생
누군가 세상 밖으로 꺾꽂이해 간 거라 생각합니다
그대나 나나 가지 몇 개 내어주고 남은 거라 생각합
니다

찬 이슬 내려와 땅속으로 스며드는 날
햇살 바른 계단에 나가 로즈마리 화분과 나란히
옹송그리고 앉아 해바라기합니다
하면서 그대 집에 남은 로즈마리 아문 상처와
여기 로즈마리 상처에서 새로 내린 뿌리를 생각합
니다
우리도 저기 간다면 그럴 거라 생각합니다
누군가 또 여기 남는다면 이럴 거라 생각합니다

두메양귀비

겨울을 건너지 않고서야 무슨 꽃을 피울 수 있겠습니
까

당신은 내 겨울의 추위와도 같은 존재였지요
나는 당신의 추위 안에서 덜덜 떨며
한 번쯤 얼어붙은 시간을 반드시 건너와서야
이렇게 싹을 틔우는 시간을 가질 수 있는 것이겠지요

당신의 추위 안에서 나는 안으로 안으로만 울면서
눈물 꽁꽁 얼려 꽃의 형상을 꿈꾸었습니다
내가 여름을 기다려 꽃 피우는 까닭을 당신은 아시겠
지요
당신의 추위를 혼신으로 견디며 건너지 않고서야
어찌 한여름 이 높은 산정에서 꽃을 피울 수 있겠습
니까

당신의 추위는 내 여름날의 꽃으로 핀 사랑의 종말입
니다

청담晴曇

죽은 내 누이와 갑진생 동갑내기인
목월 선생 시집 청담 초판본이 내게로 왔다

한국화가 만청 선생이 소장하던 것으로
그는 자신이 베푼 술자리에서
삼십 년 시를 쓴 내게 한사코 시가 좀 늘었다며
사십 년 아껴 읽은 시집을 선물한 것이었다

갑오년 한로가 코앞인 열사흘 달밤이었다
답례로 시 한 수 청하기에
오래 아껴 낭송하는 시를 읊고 전해 받았다
누가 꽃씨를 싸서 보낸 선물 보자기에 갈무리한 시집

흔히 시집의 집集 자로 쓰는 한자는
나무 위에 새 한 마리 앉은 형상인데
이 시집의 집鑫 자는 세 마리가 모여 있는 것이었다
모름지기 시집이라면
그 안에 새 세 마리 정도는 울고 있어야 한다는 듯

나보다 두 살 적은 시집

날이라는 것은 맑을 때도 있고 흐릴 때도 있다는 청담

구름에 달 가듯 구름에 해 가듯

생각해 보면 살아온 날도 살아갈 날도 다 청담이 아닐까 한다

그날따라 달이 구름에 숨기도 하고 나오기도 하는 날이었다

발에게 베개를

피곤한 발을 베개에 올리고 누웠다가
문득 발이 베개를 베고 누웠다고 생각해 본다

가고 싶은 곳에는 경쾌하게 앞서가던 발
가기 싫은 곳에는 천근만근 끌려오던 발

오늘 발이 피곤한 것은 아무래도
가기 싫은 곳에 끌려갔다 돌아온 탓이리라
오래된 발톱무좀도
가고 싶은 곳에 못 데려갔거나
가기 싫은 곳에 억지로 끌고 다닌 탓이 크리라 생각
한다

발에게 베개를 받쳐 주고 누워
머리를 발이라고 생각하며 진짜 발을 바라본다
열 발가락 하나하나 꼽으며 가고 싶은 곳을 헤아려
본다
한 키의 간격을 두고 동거하면서도

그사이 어디 있는 마음의 발을 자주 동동거리는 바람에

마음의 신발을 찾지 못해 허둥대던 날들을 생각해 본다

더 늦지 않게 마음먹어 본다

가고 싶은 곳에 앞장서 가는 발을 따라나서리라

머물고 싶은 곳에 발과 함께 머물리라 마음먹어 본다

발이 머리가 되고 머리가 발이 되어 생각해 본다

머리가 발 같고 발이 머리같이 살아갈 날을 생각해 본다

독거

새벽잠 깨어
어둠살 속 담배를 당기며
내 입 근처와 재떨이를 오가는 담뱃불을 보면서
바보같이 반딧불이라 생각해 보네

누구에게 보내는 짝짓기 신호일까 춤사월까
명멸하는 빨간 이 반딧불은
어떻게 사랑하고 어느 숙주에 알을 슬까
어느 결에 재떨이로 투신하는 짧은 선회
사랑도 없이 무정의 알을 슬고 사그라지는
끝내 달팽이나 다슬기 같은 숙주를 찾지 못한
불쌍한 반딧불이라 생각해 보네

새벽 담배를 끄고
별다른 온기 없는 방에 누워
이따금 어느 여인과 혹은 친구
어떤 과거나 미래 같은 것들을 생각해 보네
제 풀에 사그라지는 내 마음을 생각해 보네

끝내는 나도 누군가가 이 됫박 같은 방에 슬어 놓은
무정의 알이라 생각해 보네 마침내는
아무렇지도 않게 사랑하고 새끼 치고 사그라지는
여느 반딧불이보다도 못하다 정작 생각해 보네

흔적

온수역 북부버스정류장 가로수의 등이 반질반질
하다
사람들이 등을 기대고 서서 무언가 기다렸다는 말
이다
어느 날 내가 그러고 있었듯이
몇몇은 등을 기대고 서서 떠나가는 버스를 배웅했
을 것이다
더러는 담배를 물고 더러는 구두코나 내려다보고
있었을 것이다
만에 하나 반질반질한 것이 등이 아니고 품이라면
가끔은 가로수도 누군가 기대었다 떠나가는 뒷모
습을 바라보며
가슴을 치거나 움켜쥔 적이 있었기 때문일 것이다

봄밤

안동 살 땐 친한 친구가 툭하면 서울 가는 것 같더
니만
서울 와서 살아 보니 그 친구 자주 안 오네

서울 와 살아 보니 서울 친구들도 다 이해가 가네
내 안동 살 땐 어쩌다 서울 오면
술자리 시작하기 바쁘게 빠져나가던 그 친구들
그렇게 야속해 보이더니만
서울 살아 보니 나도 술자리 시작하기 무섭게
자꾸만 시계를 들여다보네

안동 어디 사과꽃 피면 술 마시자던 그 약속 올봄
도 글렀네
사과꽃 내렸다는 소식만 날아드는 봄밤

소등

앞집이 헐린 자리를
옆집에서 텃밭으로 만들곤 보안등을 꺼 버렸다
농작물도 잠을 자야 실한 열매 맺는다며
망종부터 상강까지는 그리 하겠다고 머리를 조아린
후였다
나는 아무런 내색도 못 하고 고개만 끄덕이며
우두커니 밤을 지새울 집을 걱정했다

복중 더위에 오랜만에 집에 들러
캄캄한 보안등 아래 깊이 잠든 화단을 들여다보다
가 문득
몇 해 전 옮겨 심은 작약이 아직 꽃을 피우지 않는
까닭도
보안등 불빛 아래 잠 못 이뤄 그런가 생각하다가 불
현듯
내년에는 혹 꽃을 볼 수 있을지 모른다는 생각에 이
르러서는
더듬더듬 열쇠 구멍을 찾는 내 손길이

불을 켠 듯 다 환해지는 것이었다

봄소식

꽃 그림 한 점 보냅니다
나비는 그리지 않았습니다
이 그림을 보고 계실 당신이 있으니까요
벌써 향기를 맡고 계시는군요
한 폭의 그림입니다

다만 그 봄날 함께할 수 없어서 서러울 따름입니다

바닥으로부터 온 편지

양안다(시인)

어릴 적에 나는 교회를 다닌 적이 있는데, 기독교 집안도 아니었고 너무 어린 나이였으므로 그때의 기억이 선명하지 않다. 교회를 가지 않으면서부터 어느 날 죽음에 대해 생각하게 되었고, 그것은 단순 교회 때문이 아니라 불의의 사고로 세상을 떠난 친구의 부모, 죽음의 문턱에 가까이 간 가족, 도로에서 죽은 아이를 우연히 본 경험에서 시작된 게 아닐까 짐작했다. 내게 오래 남아 있는 죽음의 이미지는 특히 교통사고로 죽은 아이를 보았을 때, 흰 천으로 미처 덮지 못해 삐져나온 두 발과 구조대원의 부축을 받으며 자신의 자식이 맞는지 확인하는, 그리고 확인 뒤 오열하는 부모에 대한 것이었다. 지금도 그 이미지들을 떠올리면 분명 내가 죽기 직전까지 알 수 없는 무언가가 있을 거라는 확신에 가득 차게 된다. 내가 경험해 보지 못한, 앞으로도 가 닿지 못할 죽음이었고, 슬픔이었고, 어쩌면 신을 향한 분노, 모든 세상이 등 돌린 절망 같은 것이겠지만…… 사실 어떤 표현을 붙이더라도 그 이미지들은 도저히 실감할 수 없는 영역이자 동시에 그 슬픔에 때를 묻히는 일이었다. 지금 생각해 보면 그때쯤 나는 무의식중에 이런 생각을 한 것 같았다—우리는 모든 감정에 대해 말하고 표현할 수 있지만

　작고 작은

　그리고 얇고 부러질 감정에 대해서는 입을 다물 수밖에 없다고. 작은 감정은 언제나 주머니 같은 곳에 숨기기 좋으며, 얇고 부러질 것 같기 때문에 마음이라는 금고 안에 넣어 감추게 된다. 조금만 건드려도 부러질 감정들을 타인으로 하여금 건들지 못하도록. 나는 시를 쓰기 전까지 외향적인 사람이었는데, 시를 쓴 이후부터 점점 내향적으로 변해 갔다. 시를 썼기 때문이 아니다. 어쩌면 나도 모르는 사이에 슬픈 조각들이 있었고, 그 슬픔을 조금이라도 배출하기 위해 시를 쓴 거라는 생각을, 아주 가끔 한다. 나는 나의 슬픔을 남들과 공유하고 싶지 않았다. "저에게 이런 일이 있었고, 그래서 이만큼 슬펐습니다"라는 말로 상대에게 슬픔이나 위로 같은 걸 강제하고 싶지 않았다. 내게 있어서 슬프다는 상태의 의미는…… 그냥 슬픈 거다. 누가 얼마나 더 슬프고, 어떤 이유로 슬픈지, 이런 이유들을 덧붙이고 싶지 않다. 그저 내가 감추어 놓은 작

고 얇고 부러질 감정들을 조금씩 풀어놓으며 시를 썼다. 언젠가는 그 작은 것들을 모아 손가락으로 튕기며 구슬 치듯 놀았고, 때때로 그 얇고 부러질 것들을 퍼즐처럼 끼워 맞추는 데에 전념했다. 그게 즐거웠고

이상하게 또 슬펐다.

사람들은 힘들고 슬플 때마다 종종 신을 찾곤 하는데, 무신론자가 찾는 신은 이 모든 고난과 슬픔을 해결해 주는 존재가 아닐지도 모른다. 어쩌면 그저 원망의 대상이 필요한 것일지도. 나의 탓도 아니지만, 그렇다고 타인의 탓으로도 돌리고 싶지 않은 그 슬픔을 주머니에 감출 수 없을 때, 혹은 그 작은 슬픔이 쌓이고 쌓이다가 더 이상 금고에 남는 자리가 없어 넘칠 때, 우리는 신을 찾는다. 해결해 달라고, 구원해 달라고 말하지 않는다. 이미 지나온 일이고, 동시에 나를 관통하는 중인 감정이고, 앞으로 우리에게 다가올 불안을 미지의 존재에게 돌려야 했던 것인지도 모른다. 나는 슬플 때마다 내가 찾는 신이 과거의 내가 아닌지 생각하게 된다. 과거의 내가 그런 선택을 하지 않았더라면, 과거의 내가 그때 그런 말을 듣지 않았더라면, 그런 사람을 만나지 않았더라면…… 나는 과거의 나

를 탓하고, 원망하고, 잡아끌며 두들기다가, 끝내 작은 구슬들과 얇고 부러질 퍼즐 조각들을 보관할 데가 없어 괜히 억울하고 서글퍼진다. 이미 지나간 시간에 얽매인다는 점에서 모든 슬픔은 과거다—그것이 내 슬픔에 대한 교리였으나, 정말로 모든 슬픔이 과거가 될 수 있는지 나는 확신할 수 없었다. 누구도 내게 죽음과 죽음에서 오는 슬픔에 대해 알려 주지 않았다. 다들 주머니 속에, 마음 한구석 금고 같은 데에 넣어 감추고 입을 다물었다. 그리고

그때쯤

그의 연락을 받았다. 새로 발간될 시집의 발문을 부탁한다는 내용의 연락이었다. 1년 전, 어쩌다 만난 자리에서 술잔을 기울일 때, 그는 내게 다음 시집의 발문을 쓸 수 있겠느냐고 물었고, 나는 흔쾌히 좋다고 하였지만, 사실 다른 사람들처럼 '어쩌다 하는 소리' 중 하나로 생각하고 넘어갔다. 그때의 그 말을 잊은 건 나 혼자였고, 그는 잊지 않았다. 생각해 보면 나는 그에 대해 몇 가지를 잊고 지냈던 것 같은데, 이를테면 그는 '어쩌다 하는 소리' 같은 건 하지 않는 사람이라거나 나와 같은 어린 사람을 대할 때도 매우

진솔하게 대하는 사람이라거나 내가 만난 시인들 중 권위의식이 없는 몇 안 되는 사람이라거나 하는 것들이 그랬다.

반면에 내가 그에 대해 잊지 않은 것도 있다. 어쩌면 잊지 않은 게 아니라 잊지 못하는 것일지도 모르겠다. 어느 날, 몇몇 사람들에게서 그가 아프다는 소식을 들었고, 나는 그 사실을 매우 늦게 알았을 뿐 아니라 사람들이 쉬쉬하는 바람에 그가 어떻게, 얼마나 아픈지 알 수 없었다. 그의 병력病歷에 관해 알게 된 건 이미 병이 많이 진행되고 난 이후였다. 생각보다 심각하다, 어쩌면 다시 못 볼지도 모른다, 그렇게 알고 있어라, 와 같은 뉘앙스의 말을 사람들에게 들을 수 있었다.

내가 그를 보게 된 건 머지않은 일이었다. 그가 한 문학상을 수상하게 되었고, 시상식에 참여하기 위해 서울로 온다는 이야기를 듣고 나 역시 시상식 자리로 걸음을 옮겼다. 꽃다발을 하나 사들고 모르는 사람들 사이에 앉은 채로 그가 무대에 나오기를 기다렸다. 대표로 보이는 누군가가 인사말을 전하고, 짧은 이벤트 형식의 행사가 지나가고, 그러는 와중에도 나는 계속 긴장한 채로 무대만 바라보고 있었다. 그러다

무대에

그가 나왔을 때, 아마 그가 투병 중인 사실을 모르
는 사람들도 알 수 있을 만큼, 그는 전과 많이 달라 보
였다. 무슨 이유에서 그랬는지 모르겠지만, 나는 그가
무대에 나와 수상소감을 말하고 시를 낭독하는 모습
을 사진으로 찍었다. 어쩌면 무의식중에 그를 보는 게
이번이 마지막일 수도 있다는 생각을 했는지도 모르
겠다. 그때 그가 무슨 말을 했는지 기억나지 않고, 나
는 그의 외양을 바라보는 데에 집중했다. 시상식이 끝
난 자리에서 그는 무엇도 먹지 않았다. 그가 즐겨하는
술은 물론이고 음식에도 입을 대지 않았다. 다만 손수
가져온 물을 한 모금 한 모금, 조금씩 넘길 뿐이었다.
그런데 그게 무엇을 달인 물이었더라. 분명 물어봤었
는데 기억나는 건 그가

조심스럽게 물을

삼키는 모습이 전부였다. 앞으로도 나는 그의 마음
을 이해할 수 없을 것이다. 바닥으로부터 올라오려 했
던, 그리고 끝내 올라오게 된 사람의 마음을 나는 이
해할 수 없다. 분명 나는 죽음에 대해 오래 고민하며

생각했고, 그건 다른 사람도 마찬가지겠지만, 역시나 그를 이해할 수 없다. 그가 실제로 닿았던 바닥이 얼마나 깊은지, 어쩌다 그곳에 가게 되었는지 모르기 때문이 아니다. 그것은 중요하지 않다. 내게 있어서 아프다는 상태의 의미는…… 그냥 아픈 거다. 다만 내가 모르는 건 그가 뒹굴었던 바닥이 어떤 바닥인지 조금도 가늠할 수 없어서다. 나는 그렇게 아픈 적도, 그리고 죽음에 다가섰을 때 바닥으로 간 적 없기 때문이다. 그의 슬픔에 때를 묻히는 일인지 모르겠으나 나는 그가 부탁한 발문을 쓰기로 했고, 『남아 있는 날들은 모두가 내일』을 편지처럼 받은 뒤 읽었다. 이것은

바닥에 관한

이야기다, 라는 생각이 제일 먼저 들었다. 그는 언젠가 자신이 깊은 바닥을 뒹굴었던, 그리고 그 바닥에서 올라오는 이야기를 하고 있다. 또한, 현재진행형이 아니라 '언젠가'가 붙어야 하는 과거이므로, 그리고 모든 슬픔은 과거이므로, 이것은 과거와 슬픔으로 점철된 이야기다. 그는 자신이 언젠가 "바닥행"했던 때를 화자의 입을 빌려 고백하는 것으로 시집의 문을 연다. "16층 바닥과 결별하고 만난 바닥을 치면 날아오를

수 있을까요. 기어서라도 오를 수 있을까요."라고 말하며 바닥 이야기를 시작하는 화자. 그 바닥은 곧 "코앞은 숨이 멎을 것만 같은 바다"이다. 슬픔은 종종 "슬프다"라고 발화하지 않아도 느껴지는데, 우리는 그가 떠올리는 과거에서 그 슬픔의 깊이를 가늠할 수 있다.

지나온 길은 내가 너무도 잘 아는 길
오늘은 더듬더듬 그 길을 되돌아가 본다 이쯤에서
딸내미가 환한 얼굴로 살아가고 있다 다행이다 지
나간다
송장 같은 내가 독가獨家에 처박혀 있다 지나간다
다 죽어 가던 내가 점점 살아나고 나는 지나간다
온갖 말들의 화살을 맞고 피 흘리는 내가 있다 지
나간다
딸내미에게 용서를 구하는 내가 있다 지나간다
나는 나로 살겠다고 다짐하던 몽골초원 자작나무
지나간다
권정생 선생이 살아나고 나는 서울이다 지나간다
우울한 여인이 나타나고 환해지고 사라진다 지나
간다
새벽 거리에서 울고 있던 나를 지나가면 이쯤에서
울고 있는 어린 딸내미가 다시 서럽게 혼자서 울고

있다

　　지나간다 뺑소니가 지나가고 오토바이가 일어나고

　　아버지가 술 배달을 하고 있다 나는 모른 척 지나
간다

　　시를 접고 공사판에서 오비끼를 나르는 나를 지나
가고

　　없는 아내가 있다가 사라진다 지나간다

—「생명선에 서서」 부분

　「생명선에 서서」에서 그는 과거를 더듬어 가며 자
신이 남긴 슬픔의 발자취를 추적하고 있다. 이러한 그
의 자세는 시집 곳곳에서 드러나는데, 나는 과거를 더
듬는 이 자세야말로 죽음에 가까워진 인간이 할 수
있는 유일한 성찰이지 않을까 생각한다. 그는 「안동식
혜」에서 유년의 가정을 생각하고, "지나온 날들을 모
두 어제라 부르는 곳"(「고비의 시간」)에서 "모든 지나
간 날들과 아직 오지 않은 나날들을 어제와 내일로
셈하며" 자신의 인생을 복습한다. 그에게 있어서 모
든 과거와 과거에서 비롯되는 슬픔들은 흰 천에서 삐
져나온 두 발처럼, 자식 잃은 부모의 절규처럼 잊히지
않는 사건들로 남아 있다.

제주 출신 4·3 증언자

소설가 현기영 장편 성장소설 지상에 숟가락 하나

그 어떤 언어로도 그때의 고통을 증언할 수 없다는

언어절言語絶의 증언 속에서도 뼈저리게

다가온 말

죽다 남은 사람들

죽다 남은 사람들

　　　　　　　　　　　　　　—「언어절言語絶」 부분

그런데 그날은 어찌하여

온통 지는 꽃만 눈에 밟혔는지

개나리도 지고 진달래도 지고

벚꽃이 천지사방 떨어지고 떨어져서 흩날리기만 하
던지

피다 만 꽃들이 그만 눈을 닫고 입술을 여미며

떨기째 송이째 통째로 지기만 하던지

지는 꽃만 눈에 밟혀 오던지

　　　　　　　　　　　　　　—「4월 16일」 부분

　그가 자신의 내밀한 과거로부터 오는 슬픔만을 추
적하는 건 아니다. 그는 타인과 사회에 시선을 기울이

는 것으로 슬픔을 추적한다. "전우익 선생"(「간고등어」), "하나님을 하느님이라고 고쳐 부른 사내"(「언총言塚」), "뇌출혈로 오른쪽을 잃"었지만 "왼쪽을 얻은 친구"(「좌수左手 박창섭朴昌燮」) 등등 그는 타인에 대한 관심마저 놓치지 않는다. 그가 타인에게서 겪은 슬픔들은 바닥이 아닌 현실 속에 있을 때 벌어진 일들로 보인다. 아직 바닥에 떨어지지 않았을 때, 그렇기 때문에 조금이라도 자신 바깥으로 시선을 돌릴 힘이 남아 있을 때, 그는 외부에서 오는 슬픔을 포착한다. 제주 4·3 사건과 4·16 세월호 참사 역시 큰 슬픔 중 하나였을 것이다. 제주도민과 세월호 승객 모두 그에게 있어서 타인이며, 여기서 우리는 그가 자신의 지인이 아닌 모든 타인의 슬픔에 귀를 기울이고 마음을 내준다는 사실을 알 수 있다.

그는 슬픔을 추적하다가 이 모든 슬픔의 원인은 사랑이라는 것을 발견한다. "세상 모든 슬픔의 출처는 사랑이다/사랑이 형체를 잃어 가는 꼭 그만큼 슬픔이 생겨난다"(「화산도-4·3, 일흔 번째 봄날」)라고 말하는 것에서 우리는 그가 생각하는 사랑, 즉 슬픔의 출처에 대해 알 수 있다.

꽃이 간헐적으로 이 세상에 다녀가듯이

좀 길기는 하지만 우리 사랑도 간헐적으로

이 세상에 다녀가는 것이 아닐는지요

…전생과 이생과 내생… 한 번씩 말이지요

—「간헐한 사랑」 부분

　어쩌면 그의 작고 얇고 부러질 감정들, 그것들을 감
추고 보관하는 장소는 사랑일지도 모른다. 슬픔이 그랬
듯이 그의 사랑 역시 단순히 연인 간의 사랑에서 그치
는 것이 아니다. 가족에 대한, 타인에 대한, 그리고 사회
에 대한 사랑 등 여러 곳에서 비롯된다. 바닥에서부터
현실로 돌아오기 위해 발버둥치는 그는 전생과 이생,
내생 모두를 다녀간 사람의 모습과 겹쳐 보인다.

　사람들은 슬플 때마다 신을 찾는다. 앞서 말했듯이
무신론자라 하더라도 자신만의 신을 부르며 원망한다.
여기서 신이라는 존재는 당연히 종교에서 말하는 신
과 다르다. 가끔 그 신은 어떤 진리를 꿰뚫고 있는 절대
자, 혹은 하나의 세계로 표상된다. 우리는 최근 여러 시
집을 통해 이러한 신을 자주 발견할 수 있다. 현시대는
신이 필요한 시대이며, 슬픔이 넘치는 시대이고, 그러
나 누구도 그 슬픔에 대해, 혹은 죽음에 대해 말해 주
지 않는 시대이기 때문이다. 우리는 신을 찾는 시대에
살고 있는 건지도 모른다. 그러나 나는 『남아 있는 날

들은 모두가 내일』을 덮으면서 한 가지 알 수 있었다. 그는 남들처럼 신을 찾지 않는다. 바닥에는 신이 없기 때문이다.

남아 있는 날들은 모두가 내일

2020년 9월 8일 1판 1쇄 펴냄

2022년 2월 7일 1판 5쇄 펴냄

지은이   안상학

펴낸이   김성규

책임편집   김은경 조혜주

디자인   김동선

펴낸곳   걷는사람

주소   서울 마포구 월드컵로16길 51 서교자이빌 304호

전화   02 323 2602

팩스   02 323 2603

등록   2016년 11월 18일 제25100-2016-000083호

ISBN 979-11-89128-94-4 04810

ISBN 979-11-89128-01-2 (세트)